世界博物館奇妙之旅

故宮博物院

去故宮修文物

黃紛紛 / 著　布克布克 / 繪

故宮博物院，簡稱故宮，是位於中國北京紫禁城內的博物館。紫禁城曾經是中國明、清兩個朝代的皇宮，也是世界上規模最大、保存最完整的木結構古建築群，這些古老的房子本身就是最珍貴的文物。故宮博物院內現有藏品 180 餘萬件藏品，總分 25 大類，以明清宮廷文物、古建、圖書等藏品為主，其中一級藏品 8000 餘件，堪稱「藝術的寶庫」。

中華教育

故事 榮譽出品

北京漫天下風采傳媒文化有限公司

責任編輯：劉可有
裝幀設計：鄧佩儀
排版：鄧佩儀
印務：劉漢舉

世界博物館奇妙之旅

故宮博物院
去故宮修文物

黃紛紛 / 著　布克布克 / 繪

出版｜中華教育
香港北角英皇道 499 號北角工業大廈 1 樓 B 室
電話：(852) 2137 2338　傳真：(852) 2713 8202
電子郵件：info@chunghwabook.com.hk
網址：http://www.chunghwabook.com.hk

發行｜香港聯合書刊物流有限公司
香港新界荃灣德士古道 220-248 號 荃灣工業中心 16 樓
電話：(852) 2150 2100　傳真：(852) 2407 3062
電子郵件：info@suplogistics.com.hk

印刷｜高科技印刷集團有限公司
香港葵涌和宜合道 109 號長榮工業大廈 6 樓

版次｜2021 年 12 月第 1 版第 1 次印刷
©2021 中華教育

規格｜16 開 (235mm x 275mm)

ISBN｜978-988-8760-29-9

小怪獸烏拉拉 來自米爾星的外星小怪獸,擁有獨特的外形特徵:頭上長角,三隻眼睛,三條腿,鼻子上有條紋……他個性活潑,調皮可愛,想像力豐富,好奇心極強,喜歡自己動腦筋解決問題。

藍莫和艾莉 小怪獸烏拉拉的爸爸和媽媽,他們和小怪獸烏拉拉一起乘坐芝士飛船來到地球。

芝士飛船 小怪獸烏拉拉的座駕,同時也是他的玩伴。芝士飛船能變身成不同的交通工具:芝士潛艇、芝士汽車……它還有網絡檢索、穿越時空、瞬間轉移、變化大小等功能。這些神奇的功能幫助小怪獸烏拉拉在地球上完成各種奇妙的探險之旅。

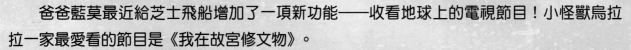

　　爸爸藍莫最近給芝士飛船增加了一項新功能——收看地球上的電視節目！小怪獸烏拉拉一家最愛看的節目是《我在故宮修文物》。

　　故宮是中國明、清兩朝皇帝住過的宮殿，收藏着許多寶貝。文物修復師就是給這些寶貝看病的「醫生」。這些「醫生」就像會施魔法一樣，能把破舊不堪的文物變得煥然一新，小怪獸簡直被迷住了。他們一家很久以前曾經去過一次故宮，這次，小怪獸烏拉拉決定到故宮文物醫院去看看修復好的文物。

　　「爸爸媽媽，我也要去學修文物的魔法！」小怪獸烏拉拉嚷道。

走就走，小怪獸烏拉拉啟動了芝士飛船的自動飛行程序，嗖嗖……降落故宮啦！
可是故宮實在太大了，雖然他們全家來過一回，但還是迷路了。
「嗚嗚……故宮文物醫院在哪裏啊？」小怪獸烏拉拉急得哭了起來。

太和殿

　　太和殿又被稱為「金鑾殿」,是故宮內等級最高的建築,也是中國現存最大的木構大殿。太和殿裝飾絢麗、金碧輝煌,明、清兩朝帝王即位或節日慶典、朝會大典,都在這裏舉行。

　　突然,一條威風凜凜的龍從天而降:「小怪獸,好久不見啊!這裏是太和殿,故宮文物醫院在西邊,你們騎到我背上,我帶你們去吧。」

哈哈

武英殿
　　武英殿是一組始建於明代初期的宮殿建築，在清代曾是宮廷的修書處，有點像現在的出版印刷機構。這裏出品的圖書字體秀麗工整，繪圖完善精美，品質很好，史稱「殿本」。

　　見到老朋友，小怪獸烏拉拉好開心，他們一家人騎到龍背上，飛上了天空。

　　小怪獸烏拉拉看着下面的宮殿越來越小，緊張地抓住龍的鱗片。誰知道剛好抓到了龍的癢癢肉，龍一聲大笑，竟然把小怪獸烏拉拉一個人甩了下去。

《五牛圖》
　　此圖由唐代著名畫家韓滉繪製，是中國十大傳世名畫之一，也是現存最古老的紙本中國畫。畫中的五頭牛，形象不一，姿態各異，栩栩如生。

小怪獸烏拉拉落到了一隻石獅子的頭頂，還摔扯到了頭，
他摔得暈頭轉向，迷迷糊糊地問：「這兒是哪兒？」
「這裏是武英殿，現在專門用於展覽書畫。」

「為甚麼故宮裏會有牛呢？」小怪獸烏拉拉又好奇地問。

一頭黑白花牛搶着回答說：「我們來自唐代畫家韓滉畫的《五牛圖》，已經一千多歲啦。」

小怪獸烏拉拉趕緊抱着花牛的脖子說：「花牛爺爺，我找不到爸爸媽媽了，你可以帶我去故宮文物醫院找他們嗎？」

那頭花牛舔着小怪獸烏拉拉的手說：「別着急，騎到我背上來，我帶你去。」

小怪獸烏拉拉坐在花牛爺爺的背上往故宮文物醫院走去，突然兩隻小鹿跑了過來，一面跑一面喊：「快救救我們！」

　　眼看小鹿身後的一隊人馬追了上來，花牛爺爺大喊：「跟着我們，快跑！」牠帶着小鹿們七拐八彎地狂奔，很快就擺脫了追趕的人馬。

《乾隆皇帝一箭双鹿圖》

　　此圖反映的是清代乾隆皇帝晚年的行獵活動，描繪了皇帝騎馬射鹿，而且一箭射中雙鹿的場景。從畫風來看，畫中的人和馬有可能為波希米亞傳教士艾啟蒙所畫。

　　兩隻小鹿都長着漂亮的鹿角，小怪獸烏拉拉忍不住跳到鹿角上，玩起「金雞獨立」。

　　花牛爺爺趕緊叫他下來：「這是乾隆皇帝鹿角椅上的兩隻小鹿，你可別把鹿角弄壞了。」

　　小怪獸烏拉拉嚇得吐了吐舌頭，翻着跟頭跳了下來。

一轉眼，故宮文物醫院到了。爸爸媽媽正在門口焦急地等待着。看到小怪獸烏拉拉平安到達，媽媽趕緊跑過來把他摟在了懷裏：「小怪獸烏拉拉，沒事吧？」

小怪獸烏拉拉開心地告訴媽媽：「我沒事！是《五牛圖》裏的花牛爺爺幫了我，我們還救了兩隻小鹿呢！」

說着，一位穿着藍色大褂的爺爺從屋裏走出來，笑盈盈地對他們說：「花牛，好久不見，你們五頭牛兒還好吧？小鹿，你倆又去哪裏玩了？」

鹿角椅

這張鹿角椅由康熙皇帝親自獵獲的戰利品製成，椅背是鹿的全角，座椅下面也用鹿角作為支撐，設計體現了清代特有的審美文化。

原來這位就是文物修復師爺爺。《五牛圖》是他花了八個月的時間修復好的。兩隻小鹿突然匆匆跑進屋，化作了鹿角椅背。

小怪獸烏拉拉崇拜地說：「爺爺，您太厲害了，簡直就是魔法師！」

文物修復師爺爺告訴小怪獸烏拉拉：「我可不是甚麼魔法師，我是給故宮的寶貝看病的『醫生』。在我們文物醫院，有很多為不同文物看病的『醫生』。」

　　說着，修復師爺爺帶他們參觀了文物醫院，在這裏，不僅可以修復書畫，還可以修復鐘錶、瓷器，還有木傢具⋯⋯

修木傢具

修鐘錶

修字畫

小怪獸烏拉拉被「瓷器診室」裏的一個彩色大瓷瓶迷住了，他扳着手指想數清瓶子上到底有幾種顏色，可是越着急越數不清。

各種釉彩大瓶

　　各種釉彩大瓶製於清代乾隆年間，瓶身有 12 幅圖案，自上而下裝飾的釉、彩達 15 層之多。這件各種釉彩大瓶集各種高溫、低溫釉、彩於一身，被譽為「瓷母」，體現了當時高超的製瓷技藝，傳世僅此一件，彌足珍貴。

修復師爺爺告訴他：「孩子，這件瓷瓶被人們稱為『瓷母』。它有 15 層顏色，12 幅不同的圖案，就像一本陶瓷大百科全書，你當然數不清啦。」

告別了令人歎為觀止的各種釉彩大瓶，小怪獸烏拉拉在「鐘錶診室」裏發現了一座個頭很大的鐘，最下面一層有個小人兒。

看到小怪獸，那個小人兒居然說話了：「你給我上弦，我就能給你寫一幅字。」

銅鍍金寫字人鐘
  銅鍍金寫字人鐘是清代的宮廷御用物品，是英國的巧匠威廉森專為中國而製造的。鐘型為四層樓閣式，每一層各有機關。頂層的兩個小人兒會在舞蹈時展開橫幅「萬壽無疆」；第二層是敲鐘人，每逢3、6、9、12點會奏樂；第三層是錶盤；底層是寫字機械人，是此鐘最精彩，也是結構最繁複的部分，將毛筆蘸好墨汁後上弦開動，寫字機械人便會在面前的紙上寫下「八方向化，九土來王」八個漢字。

　　小怪獸烏拉拉好奇地擰了幾下鐘背後的發條，那個小人兒真的一筆一畫寫出了八個漢字──「八方向化，九土來王」。

　　「太神奇了！那你再給我寫一個『宇宙無敵小怪獸』好不好？」

　　小人兒面露難色，小怪獸烏拉拉卻不肯罷休，直到爸爸藍莫把他拉走，才算是給小人兒解了圍。

15

「哇，快看！這就是電視節目裏出現過的金杯子！」小怪獸烏拉拉聽到媽媽艾莉激動的叫聲，趕緊跑了過去。

媽媽艾莉正準備靠近杯子仔細欣賞，周圍的景色卻突然變了——一個穿着皇帝衣服的男人正在往金杯裏斟酒，周圍還點着紅彤彤的蠟燭。

「難道你是乾隆皇帝？」

「正是。來者何人？」

「我們是來自米爾星的小怪獸烏拉拉一家。你在做甚麼呢？」

「今天是新年第一天，朕用此杯斟滿酒，祈求新的一年平安吉祥。」

金甌永固杯

金甌永固杯由金子打造，鑲有珍珠、各類寶石，寓意美好。它是清宮內不多見的皇帝專用飲酒器，乾隆皇帝每年元旦舉行儀式都會用到這一酒杯，是皇帝看重的珍寶。

趁乾隆皇帝舉行儀式的工夫，小怪獸烏拉拉偷偷地嚐了桌子上的好幾種點心。
宮廷糕點果然名不虛傳……

轉眼就到了故宮關門的時候，小怪獸烏拉拉一家
還戀戀不捨，不願離開。

文物修復師爺爺把他們送到門口，對小怪獸烏拉
拉說：「你知道嗎？作為一名給文物治病的『醫生』，
你所說的神奇的魔法其實就是對文物深深的愛，有了
愛，才能日復一日，年復一年，用耐心一點一滴地把
文物修復好……」

修復師爺爺的話，小怪獸烏拉拉會一直記在心裏。

故宮博物館裏的文物朋友們

① 太和殿

曾用名稱：奉天殿、皇極殿

建造時期：初建於1406年－1420
年，後因火災幾次重
建。最後一次重建是
在1697年。

⑤ 鹿角椅

作者：未知

類型：座椅，木，鹿角

大小：約52 x 36 x 30吋

創作時期：1772年

創作地點：中國

② 武英殿

曾用名稱：無

建造時期：初建於1406年－1420
年，最後一次重建是
在1902年

⑥ 各種釉彩大瓶

作者：未知

類型：瓷瓶，多種釉彩工藝

大小：高34吋

創作時期：清代乾隆年間

創作地點：中國

③ 《五牛圖》

作者：韓滉

類型：紙本設色

大小：高8.19吋，寬55吋

創作時期：唐代

創作地點：中國

⑦ 寫字人鐘

作者：威廉森

類型：機械鐘，銅鍍金

大小：高約91吋

創作時期：清代乾隆年間

創作地點：英國

④ 《乾隆皇帝一箭雙鹿圖》

作者：艾啟蒙（？）

類型：絹本設色，高65.9吋

大小：寬44.6吋

創作時期：清代乾隆年間

創作地點：中國

⑧ 金甌永固杯

作者：清宮造辦處

類型：杯，金質，鼎式

大小：高4.92吋

創作時期：清代乾隆年間

創作地點：中國

來拼圖

小怪獸烏拉拉最喜歡《五牛圖》裏的花牛爺爺，請沿虛線把它剪下來，拼成正確的樣子吧。

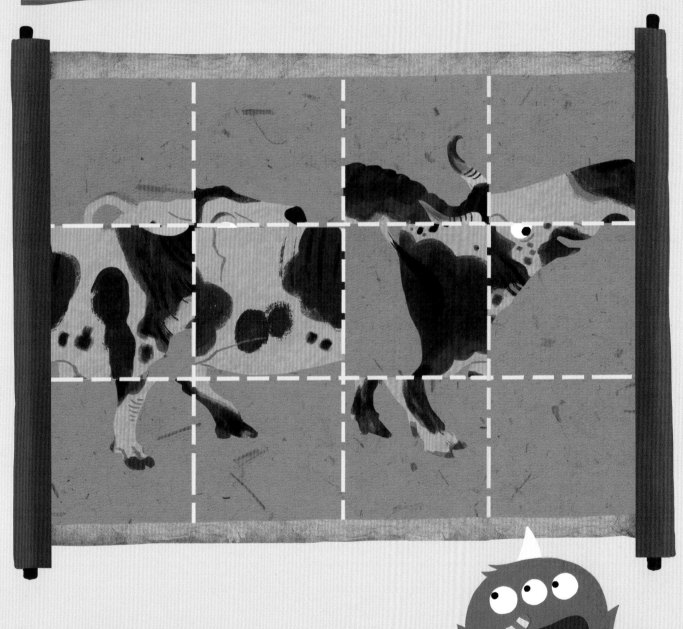

拼圖背面

塗顏色

每到元旦，乾隆皇帝都會用這個金甌永固杯斟滿酒來祈禱平安吉祥，你能給這個杯子塗上顏色嗎？

走迷宮

小怪獸烏拉拉一家降落在了故宮的太和殿，你能幫他們找到故宮文物醫院嗎？

養心殿

終點

武英殿

故宮文物醫院

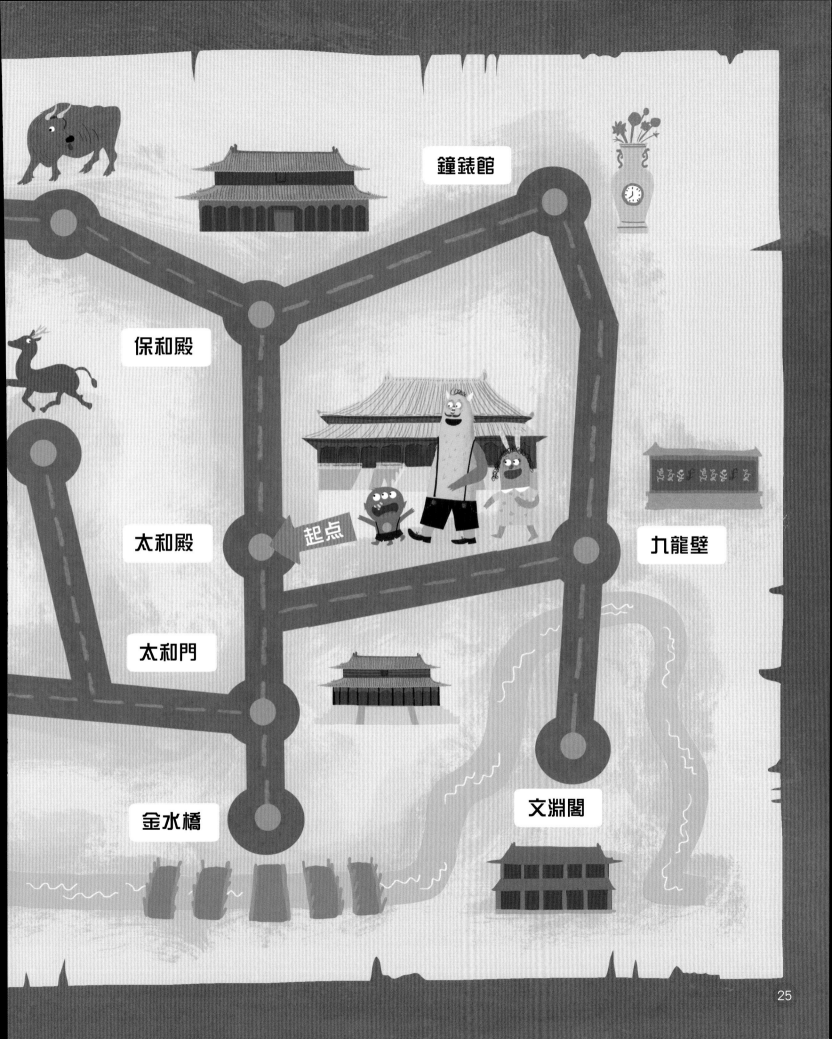

鐘錶館

保和殿

太和殿

起点

九龍壁

太和門

金水橋

文淵閣

遊戲答案

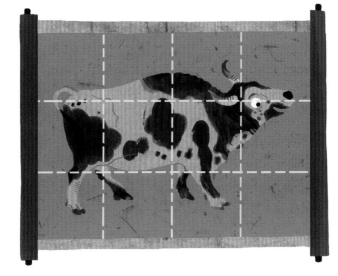

1

2

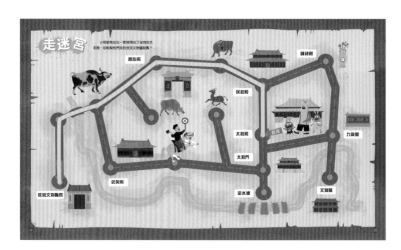

一套五冊

★ 故宮博物院
去故宮修文物

大都會藝術博物館
寵物別跑

羅浮宮博物館
奇遇達文西

冬宮博物館
孔雀巡遊記

大英博物館
西洋棋子大逃亡

更多中華教育出版資訊，請見：

FACEBOOK

中華教育

9 789888 760299

定價：港幣 $48

建議上架分類：兒童讀物 / 中國藝術

Published in Hong Kong

中華教育

代理商 聯合出版
電話 02-25868596

NT: 220

博物館的探險開始了！

外星小怪獸烏拉拉為你開啟一段穿越時空的奇妙之旅，探索世界五大博物館，
邂逅歷史名人、會說話的雕塑、可自由出入的名畫⋯⋯

冬宮博物館

孔雀巡遊記

徐曉燕／著　布克布克／繪

中華教育

開啟穿越時空的人文之旅，
讓藝術和文化成為孩子的朋友！